Bajo la
LUNA de LIMÓN

POR *Edith Hope Fine*

ILUSTRADO POR *René King Moreno*

TRADUCIDO POR *Eida de la Vega*

Lee & Low Books Inc. • New York

Manufactured in China by South China Printing Co.

Book Design by Christy Hale
Book Production by The Kids at Our House

The text is set in Weiss
The illustrations are rendered in watercolor and pastel

(HC) 10 9 8 7 6 5 4
(PB) 10 9 8 7 6 5 4 3
First Edition

Library of Congress Cataloging-in-Publication Data
Fine, Edith Hope
[Under the lemon moon. Spanish]
Bajo la luna de limón / por Edith Hope Fine ; ilustrado por René King Moreno ;
Traducido por Eida de la Vega.
p. cm.
Summary: The theft of all the lemons from her lemon tree leads Rosalinda to an
encounter with la Anciana, the Old One, who walks the Mexican countryside helping
things grow, and an understanding of generosity and forgiveness.
ISBN 1-880000-90-3 (hardcover)   ISBN 1-880000-91-1 (paperback)
[1. Lemon Fiction. 2. Generosity Fiction. 3. Forgiveness Fiction. 4. Mexico Fiction.
5. Spanish language materials.] I. Moreno, René King, ill. II. Title.
PZ73.F485 1999
[E]—dc21   99-26015
                                                           CIP AC

A Holly, una amiga con un sueño—E.H.F.

A mis padres, Barry y Ruth Ann, con amor—R.K.M.

Muy tarde en la noche, Rosalinda oyó ruidos: ¡Ris, ras, crac!

"¿Qué será ese ruido?", se preguntó, deslizándose fuera de la cama. Miró más allá del jardín de su mamá, del espantapájaros vestido con las ropas de papá y más allá de las cuerdas de tender la ropa.

Algo se movía cerca del limonero.

Con el corazón en la boca, Rosalinda caminó despacio hasta la puerta.

Blanca, su gallina, bajó revoloteando desde las vigas.

—Clo, clo, clo —cacareó Blanca.

—¡Shhh! —le indicó Rosalinda. La luna era una tajada de limón que apenas

ofrecía una astilla de luz. Rosalinda esperó a que sus ojos se acostumbraran a

la oscuridad.

Entonces vio que las ramas se movían en las sombras. Miró con atención

hasta que distinguió a un hombre encorvado que metía limones en un saco.

Los limones de *su* árbol.

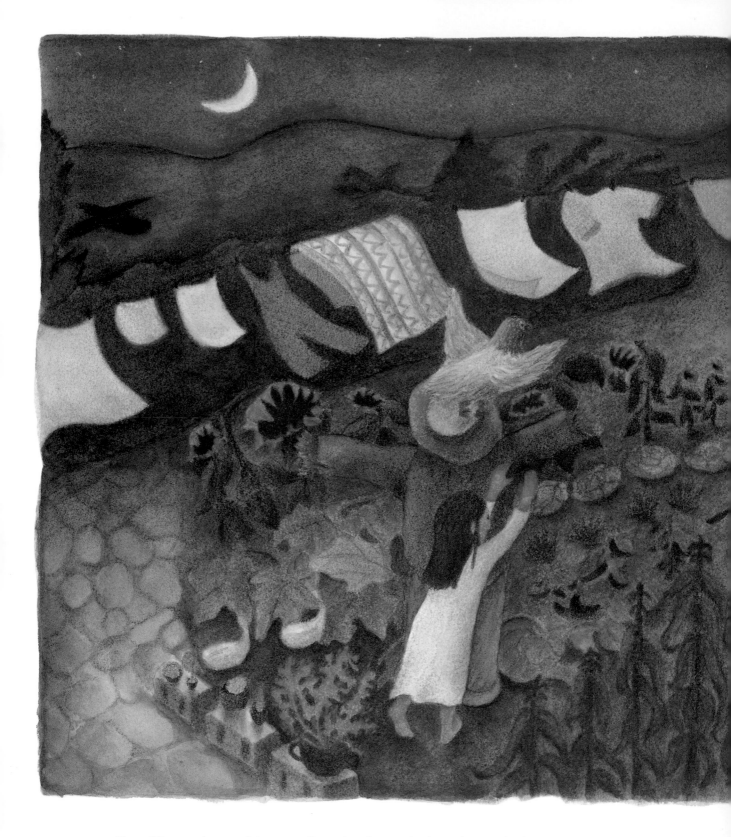

Con Blanca bajo el brazo, Rosalinda se deslizó hacia la huerta y se ocultó detrás del espantapájaros.

"¿Quién es este Hombre de la Noche? ¿Por qué se lleva mis limones?", se preguntó.

—¡CLOOOCLOCLO! —cacareó Blanca y se posó sobre la cabeza del espantapájaros. Rosalinda comenzó a mover los brazos del espantapájaros.

—¡AYYY! —gritó el Hombre de la Noche. Recogió el saco y huyó.

A finales de esa semana, muchas de las hojas del limonero se habían vuelto amarillas. Incluso, algunas se habían caído. Rosalinda estaba aún más angustiada: primero, el Hombre de la Noche y, ahora, su árbol estaba enfermo.

Después del desayuno, Rosalinda escuchó con atención el run-run del telar de su mamá.

—Tengo que hacer algo —les dijo a sus padres.

—Quizás algún conocido te pueda ayudar —sugirió la mamá, alisando el largo cabello de Rosalinda.

—Un vecino o un amigo. Quizás tu abuela —añadió el papá, abrazándola. Luego continuó con su trabajo.

Rosalinda decidió salir a la calle.

—Mi árbol está enfermo. ¿Qué debo hacer? —preguntó Rosalinda a su vecina Esmeralda.

—Yo les hablo a mis plantas —dijo Esmeralda, mientras atendía su frondoso jardín. "Ya lo hice", pensó Rosalinda. Gracias —dijo en voz alta.

Se encontró con su amigo, el señor Rodolfo, un hombre de pocas palabras.

—Mi árbol está enfermo. ¿Qué debo hacer? —le preguntó.

—Mucha agua —respondió él, mientras se dirigía hacia el mercado cercano.

"Ya lo hice", pensó Rosalinda. Recordó los pesados cubos de agua que había llevado hasta el árbol. Gracias —dijo en voz alta.

Cuando Rosalinda llegó a casa de su abuela, la encontró sentada en el porche tomando el sol de la mañana. Rosalinda se acomodó cerca de ella, y observó cómo brillaban al sol sus agujas de tejer.

—¿Qué puedo hacer por mi árbol, abuela?

—Pasará algún tiempo para que tu árbol se cure, m'ija —respondió la abuela. Encenderé una vela.

"Yo no he hecho eso", pensó Rosalinda. Gracias, abuela —dijo en voz alta.

La abuela le pasó su mano cálida por la frente, alejando así las preocupaciones de Rosalinda:

—La vela ayudará, Rosalinda —dijo suavemente. Quizá convoque a la Anciana. Ella hace que la tierra dé frutos.

Todos habían oído hablar de la Anciana, de sus poderes para atraer la lluvia y hacer que las cosechas crecieran fuertes y abundantes.

—Abuela, cuéntame la historia de la Anciana otra vez —pidió Rosalinda.

—Durante muchos años de lunas llenas —comenzó la abuela—, se ha dicho que una anciana sabia de ojos bondadosos recorre los campos, para que la tierra dé frutos.

—¿Dónde puedo encontrarla? —preguntó Rosalinda.

—Nadie lo sabe, pero dicen que la Anciana viene cuando la necesitan.

Rosalinda la llamó con el pensamiento: "Te necesito, Anciana. Por favor, ven".

Esperó todo el día y toda la noche, pero la Anciana no llegó.

—Regresa antes del atardecer —gritó papá mientras Rosalinda y Blanca salían
de la casa a la mañana siguiente. Rosalinda agitó el brazo en señal de despedida.

Caminó y caminó, buscando a la Anciana. Blanca la seguía, cacareando.
Dondequiera que iban, Rosalinda llamaba:

—¡Anciana! ¡Anciana!

La Anciana no respondía.

—Quizás no exista —le dijo Rosalinda a Blanca.

—¿Clo, clo? —cacareó la gallina como si comprendiera.

Cuando el sol comenzó a ocultarse, Rosalinda le dijo a Blanca:

—Debemos volver a casa.

Atravesaron el mercado con los puestos llenos de colorido y el ajetreo de los compradores.

De pronto, Rosalinda se detuvo. Limones, decía un cartel en el último puesto. Detrás de un hombre, una mujer acunaba a un niño. Otros dos niños pequeños jugaban cerca con piedrecitas.

   Rosalinda reconoció al hombre encorvado que vendía limones. Era el
Hombre de la Noche y los limones eran los que había arrancado de su árbol.

   Rosalinda se estremeció. Ella y Blanca se escondieron detrás de un puesto
de marionetas.

   —¡Es el Hombre de la Noche! ¡Con los limones de mi árbol!
¿Dónde…dónde estás, Anciana? —balbuceó Rosalinda, y acarició el suave
plumaje de su temblorosa gallina.

—Aquí estoy —se escuchó una voz suave y dulce. Rosalinda dio un salto.
Frente a ella, se hallaba una mujer con el cabello plateado, profundas arrugas y
ojos bondadosos.

Rosalinda la reconoció enseguida. No podía hablar de tan maravillada que
estaba.

—Hace tiempo que me buscas, Rosalinda —dijo la mujer—. Dime qué deseas.

La mujer escuchó la historia de Rosalinda.

—Llevarse tus limones estuvo mal hecho —murmuró la Anciana—, pero tal vez él los necesitaba.

La Anciana sacó de su ancha manga una fuerte rama con brotes diminutos.

—Mira —dijo la Anciana— y recuerda. Esta noche habrá luna llena.

Rosalinda escuchó con el corazón y con la mente mientras la Anciana le explicaba cómo curar el limonero.

Esa noche, Rosalinda salió al huerto bajo la luna de limón. Cerró los ojos y pensó: "Mira y recuerda".

Rosalinda rasgó un viejo trozo de tela en tiras. Juntó la rama que le había dado la Anciana al extremo de la rama rota del limonero. Encajaban con naturalidad, igual que un grueso limón en el hueco de la mano de Rosalinda.

Le dio vueltas y vueltas a la tela alrededor de las dos ramas hasta que se unieron como si fuesen una sola. Los rayos de la luna caían sobre el árbol enfermo, haciendo que las hojas amarillas parecieran de plata.

Cansada, Rosalinda se acurrucó debajo del árbol y se quedó dormida.

Despertó sobresaltada cuando Blanca comenzó a cacarear. Rosalinda, sorprendida, se frotó los ojos. Su árbol resplandecía en la noche como si fuera de oro, cargado de limones tan grandes y redondos como lunas diminutas.

Con los brazos abiertos, Rosalinda bailó alrededor del resplandeciente
limonero. Blanca la seguía, revoloteando.

Por la mañana, Rosalinda le dijo a Blanca: —Ya sé qué hacer.
Apiló los gruesos limones amarillos en una carretilla de madera.
Blanca se posó sobre la pirámide de limones y salieron juntas.

Sus amigos y vecinos la saludaban por el camino. Uno a uno,
Rosalinda fue regalando los asombrosos limones.

—¡Qué grandes! Gracias —dijo Esmeralda.

—¡Hermosos! —dijo el señor Rodolfo.

—¡Qué jugosos! Gracias —dijo la abuela.

Cuando a Rosalinda sólo le quedaba un limón, se dirigió al
último puesto del mercado.

Rosalinda miró fijamente al Hombre de la Noche y él a ella.
Rosalinda tocó con su mano cálida la mano fría y áspera del
hombre, y le dio su último limón.

—Lo siento —dijo el hombre, bajando la vista.

Cuando Rosalinda pudo hablar, le dijo:

—Siembra las semillas. Hazlo esta noche, mientras haya luna llena.

El hombre, sin poder responder, dirigió la vista a sus niños pequeños que jugaban en la plaza.

—Para ti y para ellos —dijo Rosalinda.

—Haré lo que me dices —respondió él.

Rosalinda sonrió. Blanca cacareó y se acomodó complacida en la
carretilla para emprender el regreso a casa.

Rosalinda también estaba contenta. Su carretilla estaba vacía. Sólo
Blanca iba en ella, pero el corazón de Rosalinda estaba tan lleno como
una luna de limón.